INGLINGTI

清灵体

——现代自由体诗歌创作方法指南

李清灵 / 著

H.P.H 哈尔滨出版社
HARBIN PUBLISHING HOUSE

图书在版编目（CIP）数据

清灵体 ：现代自由体诗歌创作方法指南 / 李清灵著
. -- 哈尔滨 ：哈尔滨出版社， 2021.5
ISBN 978-7-5484-6055-8

Ⅰ．①清… Ⅱ．①李… Ⅲ．①诗歌创作－创作方法－中国－指南 Ⅳ．① I207.21-62

中国版本图书馆 CIP 数据核字（2021）第 090234 号

书　　名：清灵体——现代自由体诗歌创作方法指南
QINGLINGTI——XIANDAI ZIYOUTI SHIGE CHUANGZUO FANGFA ZHINAN

作　　者：李清灵　著
责任编辑：韩金华
责任审校：李　战
封面设计：树上微出版

出版发行：哈尔滨出版社（Harbin Publishing House）
社　　址：哈尔滨市香坊区泰山路 82-9 号　　邮编：150090
经　　销：全国新华书店
印　　刷：武汉市金港彩印有限公司
网　　址：www.hrbcbs.com　　www.mifengniao.com
E-mail：hrbcbs@yeah.net
编辑版权热线：（0451）87900271　87900272
销售热线：（0451）87900202　87900203

开　　本：880mm×1230mm　1/32　印张：3.25　字数：61 千字
版　　次：2021 年 5 月第 1 版
印　　次：2021 年 5 月第 1 次印刷
书　　号：ISBN 978-7-5484-6055-8
定　　价：68.00 元

目 录

自序…… 1
书评…… 2
第一章 立意：心随意转，文法天成 …… 01
第二章 灵魂：风骨为上，融会贯通 …… 04
第三章 断句：长短偕行，传承不羁 …… 06
第四章 用词：于情于理，妙手回春 …… 08
第五章 点睛：由浅入深，奇门遁甲 …… 11
第六章 美化：虚实相扣，一气呵成 …… 13
第七章 呈现：图文并茂，情景交融 …… 15
第八章 欣赏：感同身受，回味无穷 …… 17

《把平凡的日子过成诗》诗集欣赏

花开的声音…… 20
我在时间尽头等你…… 22
神仙会…… 24
我愿如此平凡…… 26
又止欲言…… 27
气蕴重生…… 29
奋进成诗…… 30

II

莫非花阙…………………………………………………………… 31
兴趣随想…………………………………………………………… 33
自在的我…………………………………………………………… 35
人间值得你铭记…………………………………………………… 36
荷花精神…………………………………………………………… 38
水韵春风…………………………………………………………… 40
她决定如此………………………………………………………… 42
安宁………………………………………………………………… 44
二三十岁的成长…………………………………………………… 46
挥动生活…………………………………………………………… 50
若飞行……………………………………………………………… 52
绯红世界…………………………………………………………… 54
雅韵………………………………………………………………… 56
文艺重现 ………………………………………………………… 58
Shall We Meet …………………………………………………… 59
你是这样的上海…………………………………………………… 60
新的早晨 ………………………………………………………… 61
启动………………………………………………………………… 62
来回的美丽 ……………………………………………………… 63
风清化灵…………………………………………………………… 65
荷花初绽…………………………………………………………… 66
灵感体验…………………………………………………………… 67
天作缘……………………………………………………………… 68
梦回南林…………………………………………………………… 69

开动心弦…………………………………………………………… 71
纪念小时候………………………………………………………… 72
剪约…………………………………………………………………… 73
川沙公园…………………………………………………………… 74
和你在一起………………………………………………………… 75

自序

亲爱的读者朋友，您好！感谢您对本书的关注和支持！

本书编写的初衷，旨在传承和发扬诗歌文化，鼓励并指导更多像我一样热爱生活、喜欢诗歌的朋友，可以用一种较为简单、成熟、可复制的诗歌创作方式来个性化地表达自己的真实情感。希望大家能够找到一种简单的方式，学会欣赏诗歌、创作诗歌，同时也想鼓励大家坚定理想，改变现实，一起把平凡的日子过成诗！

现代诗歌是自由诗体，本书所指的“清灵体”，是一种经本人多年诗歌创作实践经验沉淀后整理出来的，代表本人特色的诗歌创作风格。

通常，自由诗是没有规则的音节、韵律及其他正规设计的诗，而“清灵体”则是在传统的自由体诗歌特点的基础上，增加对诗歌结构、表现气质、韵律、用词和审美等框架性的特征约束，从而形成一种较为规则、可效仿的诗歌风格。

“清灵体”的灵魂和气质是强烈并且深刻的，之所以要在自由体诗歌基础上加以特征约束，是为了能够集中表达个人情感和生活理念，尽可能完美地寄情于诗，精益求精！

最后，希望“清灵体”能够推动现代诗歌的进步和发展！

——李清灵　2020.09.08　于上海

书评

时隔多年，又再次看到了风仙的清灵体诗歌，真是一件幸福的事情。在这个快节奏的时代，可以坐下来静心已是不易，而他却能够坚持多年一直笔耕，记下生活的点点滴滴。这些文字里有生活，有感悟，有风景，还有仿若白云般的飘逸变幻的思绪。

书分两大部分，第一部分是理论篇。讲述作者这么多年接触掌握的诗歌知识，结合了自身的理解感受加以阐述和整理。

第二部分是诗歌集，《把平凡的日子过成诗》。一篇篇读下来，感到很是惊喜。我读到了诗歌的韵律之美，长短不一的，整齐押韵的，还有首尾相接的，等等，简短却不空洞。我读到了藏在文字里的或浓或淡的情绪，有欢喜悲伤，有迷茫觉醒，而更多的是乐观积极的精神和拥抱生活的豁达心境。诗歌集是作者跨过 30 岁后的成长，也是所见所闻所想的岁月沉淀。

这个冬日里，可以读到你，真好！愿来日再见时，你的内心，依旧是少年！

——纳兰若叶

冬日的晚上点一盏灯，打开清灵的书，将自己从忙碌、疲惫中抽离，见字如面，如与笔者进行心灵的交流。他的世界旖旎多彩，有四季更迭的空灵，有花开微风起舞的绚丽，有爱情的温婉和决绝，有疫情的感悟和英雄赞歌，有三十而立的思索……如清泉，洗涤着读者日益疲惫的心田，轻拂世俗的尘，营造温馨而灵动的空间，让心灵得到栖息。很多人曾经的梦想都是诗意地栖息，却逐渐被推搡进不停歇的日子，远离初心。而清灵，善于发现生活的美、人性的善，并逐一为读者呈现。文如其人，清灵本人也是积极乐观，在疫情期间积极为对接医院和口罩供应奔走联络，令当时身在湖北的我非常触动和感动。通过此书，知道清灵体的创作思路，也为爱好诗歌的朋友，提供了思路和方法。衷心希望清灵对诗歌的热爱能被更多的读者知晓和欣赏，也期待我们能被美好的诗歌影响，把平凡的日子过成诗。

——Kiki

犹豫不会改变什么
动起来才是生活
靠自己的努力
给自己一个确定的未来
生活在平淡中继续
日子在踟蹰中变少
四季无痕 了然于心
褶皱了肌肤 丰富了灵魂
用一眨云起的时间
听一段花开的声音
愿 你的眼角总含笑意
笑着写下生活的碎碎念
一不小心成了自己的诗
清灵如你

—— 鹿鸣汀音

你身边有诗人吗？

不认识清灵之前，我身边没有。认识他之后，我身边就有了，后来我发现我身边的诗人不止他一个。原来熙熙攘攘的日常，还有人把诗歌当成一方秘密花园，在那里将自己的灵魂自由自在地安放，真好！

我是一个追寻爱与自由的人，也就是所谓的文艺女青年，我读诗，可我不会写诗，我羡慕会写诗的人。很幸运能够认识清灵，他说诗人写诗，并非为了取悦别人，而是为了实现自己。他说我珍爱自己，就像主演一场全情投入的人生，假装和逃避全是亵渎。他说幸福是好好地活着，烦恼是贱贱地担忧。他说擅长是我的本能，本能亦可如诗。立意—灵魂—断句—用词—点睛—美化—呈现，七步成诗，愿你和我一样喜欢他的这本诗集，愿你拥有一个诗意的人生。

——和朋友圈100个熟悉的陌生人吃饭项目发起人　小卷儿

清灵的诗，构思新颖，富有浓郁的抒情色彩，个人风格独立特色。别具一格地选择了不同的角度，去体会人生、感知情感，或细腻或委婉，不失灵动又回味深沉，来源于生活，有感于心情，抒发于文字，特立独行，自成一派。

——青青子衿

作者创造了一种新的诗歌体裁，清灵体，表达形式更多样化，内容更丰富。把平凡的日子过成诗，不需要太多钱，也不需要太多的物质，只要你专注当下，善于发现，捕捉瞬间的灵感，你就是自己的诗人。

——秋

用语言，我们寄情于万物；用诗歌，我们寄情于语言。

本书中的“清灵体”有别于传统诗歌，作者独具一格的创作风格，真切地表达了其个人情感和生活理念。作为诗人，文字的力量是巨大的，所谓景语即情语，生活中的点滴小事、点滴感悟都能传达微妙的情意。诗歌是写在字里行间的言外之意，是那些缝隙、留白和回声，需读者细细品味、慢慢感悟。

——清梦蝶（Ms. yu）

现如今，人心浮躁，物欲横流，世人匆匆忙忙，不过图这碎银几两。在此环境下，能静心体验生活者有几？能耐心观察生活者又有几？本诗集犹如油腻世界里的清洗剂，浮躁不安心境下的静心丸，旨在提醒并呼吁，闲暇之余勿忘静心养性，品味生活。生活，不仅仅是“腰缠十万贯，骑鹤下扬州”，也有“行到水穷处，坐看云起时”。

——考拉

时下生活节奏越发快，吾辈都在为了生活奔忙，忙完一天的工作，拖着疲惫的身躯进入梦乡。渐渐忘却了心中美好的港湾。

阅览本书，你会发现作者对生活、对爱情、对工作最真实的领悟，这又何尝不是每个人的脚步呢？

——松

也许你觉得我们的生活离诗很远，但作者用自己对诗的热爱，向所有人诠释了诗就在我们身边，当你被生活压得喘不过气时，不妨读读这本书，去感受字里行间流淌着的、最炙热的生命，你会理解什么才是“人生不止眼前的苟且，还有诗和远方”。如果你也想写几句，把自己的感受变成诗，那么作者的方法论更能辅助你快速捕捉灵感，将心中最有力量的一腔热忱挥洒纸上，“和所有以梦为马的诗人一样，借此火得度一生的茫茫黑夜”。

——Tracy

“清灵体”既有“清澈”又有“灵性”，自成一体，有押韵、有白话、有文言文，甚至有英文，适合的读者年龄范围广，易懂却娓娓道来，醍醐灌顶。

—— 玛格悠

作为本诗集作者的好友和曾经的室友，听说风仙要出第三本诗集并受邀作为书评人甚是开心。于是我在 2021 新年第一天找了个特别宫崎骏风格的地方静静地阅读了风仙的这本诗集作品。作为工程师的风仙，我能够从《奋进成诗》这个诗篇中看到那种“众人皆浊我独清”的自我豪迈，而结尾的那句“你不懂我，我不怪你”又很好地温暖了读者，即使这个世界充满恶意，我也将善待众生。

我们常说，诗人在生活中发现诗歌，读者在诗歌中发现有趣的灵魂。这本诗集，汇集了泥土的芬芳，文字的风韵，诗人的心声，像一个美丽的花圃，百花齐放，姹紫嫣红，美不胜收！在这本诗集里，你会读到春天的故事，也会读到秋天的喜悦，看见冰冷城中的一丝暖阳，如一朵朵盛开的莲花，带给你的内心一片宁静，一片安详！

——Sky

一番忙碌之后好不容易得空来看这本诗集，很快就能静下浮躁的心，美的不仅仅是文字，更是每首诗带来的美好感受，就像迎面轻轻吹来的微风，让人自觉喜悦，甚至是诗中所描绘出的画面让我不断产生共鸣，品读它是一件放松自我的事情。

从作者的文字中可以感受到，他是非常热爱生活的，且时常关注内心所想，在这样一个世事变化、浮躁的时代，难能可贵地“以静制动”，不盲目，只忠于自己，幸福感自然常伴身边，希望你也有这样一本好诗集。

——朗清

感觉像太极，作者是一个载体，洞察力很强。向作者学习，活成想要的样子！

——花生酱

一首诗，一幅画，句落长短交错，深情铺满诗卷，仿佛那画中的船到岸了，那画中的热气腾腾延续了，那画中灵闪的双眸、飘逸的长发，也让我觉得更加鲜活了。在车水马龙、纷繁嘈杂的快节奏城市里，一首好诗，可以让你慢下来，体会人间片刻的宁静。

——慕容梓楦

每一首读来都感同身受
这是流走时光沉淀于我的真切体会
总有人来摧毁我心中尚未崩塌的地方
也总会有人来轻柔安抚我的指尖伤
看淡了结局不必说透
说透会更无趣且令人疲惫
但愿我永远不必噙着灼然热泪痛苦地祈祷
但愿我能永远在斑驳树荫下慢行随性

——籽糯

我们印象中的诗是什么样的？生长在江南之地的我，提及语文课上的古诗时，往往会想起“姑苏城外寒山寺，夜半钟声到客船”的运河一景。在繁忙的工作之余，会以“雄关漫道真如铁，而今迈步从头越”勉励自己，还会用“面朝大海，春暖花开”标榜自己小文艺的一面。

诗，随时代而变，也因人而风格迥异。一次活动中，我认识了诗人朋友风仙（笔名）。对于他的了解，提笔始于少年，而立热爱依旧。如果说从读者成为诗人，是因为热爱，那么从小众走向大众，分享自己写诗阅诗的点点滴滴，那一定是一份因热爱而生的勇气。

风仙常说“把平凡的日子过成诗”，一句简单的话语透露着他以诗会友的快乐。也许是因为年龄相仿，共同生长在江南之地，从他的诗中，我经常能读到自己生活的点滴。“经过繁华世界的洗礼，我开始明白生活的意义，好像每个人的活着，心底都也有着如此的失意，然后努力去寻找更好的自己，人生让我感到很庆幸，可以永远守护那一份自己”。他的诗有温柔，有力量，有梦想，亦有感伤。阅读风仙的诗，我常常被他组合而成的文字带入其中。他就是我们身边一个平凡而又不凡的朋友，用自己名字命名的“清灵体”，把平凡的日子过成诗。我想这就是热爱的力量。

——平凡的读者　鲨鱼 Latte

志之所至，清灵以抒。当解真意，续存绵绵。

——胡璟泽

保持初心，相信你能用你的践行实现推动世界文明进步之伟大梦想！

——纪灵芳

清灵人如其名，你的诗跟你一样灵动有趣，富有生命力，诗集中读到了你的热情，你的真善美都藏在诗句里面；我可以想象到你自己写诗时的场景，“专注、严谨、反复斟酌、细细品味”，那一刻的你自己就是一幅唯美的画，让人不忍打扰。

——程小雨

多年的知心朋友，最欣赏他自带的清流，显得跟现在浮躁的社会那么的格格不入，却带我走进美好又温暖有爱的世界！

——上海市闵行区昔昔里营养空间　赵亚香

是我比较喜欢的风格，很真诚，不晦涩，文笔又很好。

——昆山市花桥高级中学语文老师　王秋

先说作者，通过读这些短诗篇，可以看出作者是一个内心充满激情和爱意的人。经历了很多事情，感受到了美好的爱情，还在忙碌中体会到了工作的乐趣。作者也是热忱而宁静的，喜欢捕捉生活中的小细节，从而形成一首赞美的诗。我读完感觉很自由很简单。没有给我压抑感，反而很轻松的感觉。从生活中挖掘写诗的灵感，很好。

再说篇幅，每个小小的篇幅，字数不会太多，每天读几个，闲暇时可以陶冶一下情操。比如休息在家喝个咖啡，读一下很不错。

最后说内容吧！很贴合实际生活，没有胡编乱造的成分。读起来很舒适，配图也好看。

——赵萌萌

作者首先讲述了多年来自己对写诗的见解，改变了我们以往对诗词的认知；然后是对作者过往作品的收录，有经历的人和事、有到过的地方、有对爱情的感慨和向往、有对过往人生的感悟，还有未来的目标。诗歌辞藻优美，画面感十足，故事悠长而又耐人寻味，让远在闹市的我们找到了家乡的味道。谢谢作者带给我们的生活和感悟，也希望作者越来越好，早日找到人生的伴侣！

——Infosys（上海）软件工程师　陈泽滨

语言到不了的地方　文字可以
灵魂到不了的地方　音乐可以
太美好的事物大多具有侵略性　不是迷了眼　就是醉了心

—— 石家庄市新天际幼儿园老师　陈晨

诗歌，是抒情言志的载体，用高度凝练的文字，生动形象地表达作者丰富的情感并反映社会生活。它就像一扇窗户，使作者内心世界的五彩斑斓得以呈现，又如同翅膀，使作者时而细腻时而奔放的思绪飞翔到浩渺无垠的远方。从历朝历代波澜壮阔的古诗到今天异彩纷呈的现代诗，诗的身影伴随着社会的发展和人生起伏无处不在，有诗才会给人以思想的自由和灵魂的释放。

本书是我最近读到的一本诗集，收录了清灵的优美灵动的小诗。这些诗或从生活的一隅采撷灵感，或从作者的内心点燃引信，虽然短小但却精悍，充满了对生活的观察、思考与感悟。作为同龄人，有着相似的成长经历和时代印记，清灵的诗中许多角度我都能感受到强烈的共鸣。诗是有性格的，正如作者其人一样；诗也是有温度的，它随着作者内心的沉浮而跌宕。不经意间的几行文字、几个词语，读来引发了共鸣和共振，仿佛世界上多了一双细腻敏感的眼睛，替自己观察着这个繁复的世界。清灵的诗风正如其名，首先给人的感觉是清风拂面，以淡淡的温柔触觉体察身边的变化，其次给人以灵动的流动感，诗中长短句交错，其间穿插对仗或者排比，仿佛一列火车，在一定的节奏感中带领读者驶向期许的目的地，一路领略沿途虽不张扬、但却别致的风景。清灵还很喜欢用三、四字来写诗句，这也是我喜欢运用的格式之一，读来朗朗上口，毫不拖沓，简洁铿锵，充满凝练的美感。

本书还是一本写诗的指导读物。除了诗集《把平凡的日子过成诗》，本书还呈现了作者多年来创作诗歌的方法总结与提炼，相信会同样对诗歌感兴趣、热爱诗歌的朋友以有益的启发。很多小诗又辅以精美的插图或摄影作品，边读边欣赏，徜徉于诗画之间，细细感受文字和内心的共振，自在感觉充盈心头。虽不曾见过，但仿佛清灵已是我认识多年的老友了。

——壁虎　2020.12.21

诗中有神，诗后有灵

清灵，一位我偶然碰到相识，又谋面甚少的80后年轻人，印象中高高的个子，眼帘时常低垂着，若有所思，说话缓慢浅笑，还有点羞涩内向的样子。我描述到这里，也许您不会将他和一位大胆热情的诗歌爱好者联系起来，而且他也是一位有创意有思想的高科技项目管理人员。有时候人们总是愿意以外表和自己的社会经验去了解判知一个人，而观到的对方其实仅仅是自己的认知信念罢了。我多年前观察到的清灵是内敛和不够自信的，直到我看了清灵的这本小书之后，才发现我只猜对了一半。清灵的确是内敛的，但却自信而喜悦，心内包藏着对诗歌满满的热情、大胆的实践和对人生的感悟思考。多年的创作和实践，让内敛的力量通过诗歌孕化出了一种美和成熟，也开辟出了属于他自己生活的一方净土。所以我应该说，诗歌是美好的，遇到诗歌的清灵也是幸运的，因为诗歌而有的热情更是珍贵的。

从这本书，我感受到了清灵的认真和虔诚，如同信仰一般捧诗歌于掌心，深欣尽意，这是他给他自己的礼物，也更是一种赠予周围的分享和祝福。不管您是不是能感同身受地体会里面的每一首小诗，透过文字感受到笔者的写意，但整本书里的很有介事般的，极具个人色彩的，笔者大胆的行为艺术式的认真给了我一击，给了我启发和激励。我们是否也曾有过很喜欢的什么，却还没尝试好好追求，就因为在意周围的评价和影响而自我放弃了？我们是否也能像清灵一样，重新大胆地去做去尝试自己热爱的事，即便是疯狂的事，甚至是最不可能的事。不管结果怎样，别人是不是喜欢，认真做着一件热衷的事，便是对生活的虔诚，对自我的担当，对存在的回应。想必，也会一路收获不少曼妙风景。

所以，我看这本小书，是清灵记录内心热情和美好的一本诗集，也是传递给周围一份祝福祈愿的诗集。

本书还认真总结了清灵在多年诗歌实践中的心得体会。我读来认为很多方面很有道理。清灵的诗歌用词虽然较通俗简单，但是体裁自由，韵律多样，这样更适合了诗歌字句对即兴意识流的承载需求。而清灵认真严谨的八点归纳，我认为他多年的实践下来已体会了诗歌的真义，的确有不少体悟和经验，值得分享给周围的朋友和诗歌爱好者们，值得大家闲暇时一读。

诗歌干练的语句不是为了言简，而是为了意深。诗歌的随意错落不是为了你读，而是为了我写，哈哈。我希望清灵一直写诗，写更多更优美灵动的诗；最重要的，是一直这样在诗中跳舞，歌唱，惆怅，遐想，肆意，欢欣，思念下去；内心一直这样快乐丰富下去。

顺祝跨年快乐。

——一位陌生的朋友，安娜　2020.12.31

和诗人李清灵，属于萍水之交，印象中都没有说过话，却宛若熟识多年的那种。

那是2006年，我大学二年级，有一次参加学校社团组织的英文志愿者招募活动，在选拔名单中瞥见了“李清灵”三个字，因为和我自己的网名（轻风扬灵）颇为相近，不经意间多了分留意。

学生时代的我，也曾是个热爱阅读和写作的半文学青年。那会儿最爱的歌者是李健，对，那时的李健还只是被我等酸腐文学青年小众地追捧和热爱着。李健和王菲一起唱了《传奇》后，声名鹊起。我不为偶像感到开心，却在内心升腾起巨大的失落感，那是一种因心爱之物被公之于众，它的美好与独特被更多的人分猎，从此自己不能独享那份隐秘之美的失落。为此，我在社交媒体上写了一段文字宣泄情绪。我收到了李清灵的留言，他开导我要以积极的视角来审视李健被大众熟知和喜爱这件事，令我很快释然。简单的交流中，我发现了我们彼此间的缘分不止于相近的网名，我们都热爱阅读和文学创作，尤爱诗歌；欣赏李健，始于中学时代；喜欢英语，热爱演讲与表达……

我本以为，清灵亦是他为自己另起的笔名，不承想，这是父母在他初涉尘世时即赋予他的美好馈赠。莫非，是冥冥之中的这份期许成就了今时今日富有浪漫情怀和出众文才的诗人李清灵。

从大学校友到社交媒体上的笔友，毕业后我们各奔前程，他奔突上海，我向北而归，我们从来没有见过彼此，但却神奇地保持着联系，支离破碎的社交信息拼接成对他不甚了了的印象。

收到《清灵体——现代自由体诗歌创作方法指南》书评的邀约，我是受宠若惊的，同时也惊羡于他对文字自始至终的热爱和在城市霓虹中穿梭行走，不曾停歇笃定坚守情怀的桀骜风骨。对于学文却早已不写文的我来说，着实也是一份巨大的冲击。

知他爱读爱写，富有情怀，烂漫不羁，却不承想他能一直坚守；我们常以琐碎生活磨平青春棱角来给自己对梦想的凌迟与放手找借口，却不承想当初的少年不只做诗情画意的梦，更是把生活写成了诗。

我踟蹰酝酿了许久，迟迟不敢下笔，生怕言辞不胜李清灵诗文之美，唯恐造次。读罢《清灵体——现代自由体诗歌创作方法指南》，更是为他的学识和才情所深深折服。庸常生活里的那些微妙情愫，美好的，抑或忧郁的，唯有真性情和真才情的人，才能慧眼独具，精准捕捉，并以文字定格，隽永流传。

李清灵是这样一个人。

李清灵的文字，震慑到我的是那些藏在美好文字中的烟火气，不刻意追求押韵，不执拗于平仄，有点到即止的留白，有欲说还休的心意难平；有亲情的温暾，也有爱情的缱绻。

《清灵体——现代自由体诗歌创作方法指南》是这样一本书。

——轻风扬灵　2020.12.31

第一章 立意：心随意转，文法天成

诗歌是一种文体形式，用来表达我们自己的所思所想，所感所悟，我建议写诗可以遵从以下几个原则：

1. 遣词造句的目的是表达灵感，以灵感为中心进行感官和思维的发散、情感的演绎，以及文字的诠释和美化。

2. 灵感的作用是更新自我认知和改善生活品质。灵感源自生活，我们采集灵感可以从身边平凡的小事物入手，当你发现你对日常生活中的柴米油盐、衣食住行、言谈举止、人际关系、社会人性等等有新的积极乐观的看法的时候，它就是一个灵感。也可以通过总结自己的经历激发出对这段经历的最新认知以及对未来工作和生活的期许，它也是一个灵感。

3. 自我认知的目的是为生命赋予灵魂和意义。要相信生命本身是一个奇迹，这样很多时候，我们可以跳出是非、跳出社会和人性来看待一切。敬畏生命，才能理性客观地定位当下的自我，并和周围的人、事、物建立必要的情感连接。所谓生活，就是生命做出各种主观选择的结果。那么你活得开心吗？你又是为何而活？你会期待一种怎样的活法？

寻找灵感并形成意境，也可以叫作立意，就是你想用一首诗来表达什么？以下是我推荐的一套立意程序：

1. 捕捉当下最深刻的情感体验，可以是一个模糊的感觉，也可以是一个坚定的信念，也可以是一种深刻的情怀。

2. 围绕这个灵感发散思维，静下心来，收集所有和这个灵感相关的素材，包括过去的经历、与之关联的事物、微观和宏观以及侧面等多角度观察到的现象等等，还有因此而衍生的情感升华。

3. 根据素材的情感价值和逻辑关系，对这些素材进行筛选，留下最贴近自己情感诉求和强关联的素材。

4. 运用文字措辞和语句排列手法，将这些素材按照情感升华的先后顺序进行排序，并整理成连贯的意识链。

5. 从情感和文字修饰角度完善和美化所有语句，形成理想中的意境。

“清灵体”在现代诗歌随性自由表达见解的同时，也注重对发散思维和收敛思维的运用，即由一个点展开收集所有相关联的灵感素材，然后根据相关性的强弱筛选素材，选择最合适的素材进行表达。这样可以在写诗天赋不足的情况下，提供一套任何人都可以着手去用文字表达自我的方法论。

以诗为例：

“清灵体”诗歌案例	“清灵体”立意步骤解析
让晚风轻抚 那晚的风渐渐靠近 迎面的我动了心 原来我的笑脸是温柔的 布满星星的黑色天空 裹着我的思绪 一刻不停 随风起舞 你可曾被保护 那是种幸福	1. 情感体验：有一天晚上，作者走在路上，吹来一阵风，倍感清新，产生了美好的灵感； 2. 灵感素材：风，天空，思绪，幸福，等等； 3. 情感筛选：最想表达的是晚风带来的身心舒适感和安全感； 4. 情感排序：心动—笑脸温柔．思绪起舞—感到幸福； 5. 形成意境：连接意识—美化完成；

第二章　灵魂：风骨为上，融会贯通

“清灵体”是一套方法论，同时也是一套价值观。

文字本身没有情感和灵魂，是写诗的人在文字和语句之间建立了某种情感连接，也正是由于这种情感连接，文字和人性产生了共鸣。它不是用来调侃现实、打发时光的文字游戏，它是用来珍藏情感、刻画梦想的文字艺术。

诗歌的灵魂，我认为是特别重要的。一首诗可以没有很高明的文字技巧，但必须要有很深刻的灵魂，它将灵感放大呈现并注入营养，而后，能让一潭死水活成一波惊涛骇浪，也能让疲惫虚弱的内心瞬间被点燃，成为一枚小太阳。

据说，诗人有两种，一种写在纸上，他的文字充满了诗情画意；一种活在世上，他每时每刻、身上的每个细胞都超凡脱俗、打动人心。灵魂，亦有境界之分。

灵魂是意境中的核心部分，我认为诗歌的灵魂可以分为以下几个层次：

1. 写实，即描绘现实，以及自己下意识最直观的看法。

2. 随性，即随遇而安，跟随自己的潜意识，想到哪就写到哪。

3. 文艺，即文字艺术，通过一些文字修饰手法美化语句。

4. 趣味，即收集生活的乐趣，向往一种有趣的入世生活。

5. 哲理，即表达独立的思想，呈现出一种特立独行的气质。

6. 情感，即表达真情实感，给人以情感共鸣。

7. 风骨，即刚正的气概，各种正能量的体验，侠之大者，为国为民。

而“清灵体”追求的，是风骨为上，其他灵魂元素融会贯通。

以诗为例：

“清灵体”诗歌案例	“清灵体”灵魂解析
让晚风轻抚 那晚的风渐渐靠近 迎面的我动了心 原来我的笑脸是温柔的 布满星星的黑色天空 裹着我的思绪 一刻不停 随风起舞 你可曾被保护 那是种幸福	7. 风骨的安全感和幸福感：“被保护的幸福” 3. 文艺的浪漫：“风靠近”“裹着我的思绪”； 2. 随性的自由感和舒适感：“迎面的我动了心”“随风起舞的思绪”； 1. 写实的自然清新：“布满星星的黑色天空”。

第三章 断句：长短偕行，传承不羁

还记得我们从小学过的唐诗宋词吗？我们也曾被古人或荡气回肠，或婉约风流的韵律所打动。古体诗词需要熟记“平水韵”、格律、词牌等行文规范，从而在文体上给人留下规范、工整、有节奏感和朗朗上口的印象。

而“清灵体”在现代诗歌行与段落随意发挥的基础之上，吸收了古体诗词的韵律和节奏感，可以酌情自定义一套独立的诗体结构，同时又可以保留现代诗歌随意不羁的特点。好看的外形可以给读者一种耳目一新、朗朗上口、形神合一的阅读快感，也常被朋友们调侃为“长短句”，这也是“清灵体”的特色之一。下面我整理了一些自己常用的断句技巧：

1. 古体式：即模仿古诗词的文风和段落格式，但不完全套用。

2. 打油式：即在打油诗的风格基础上稍加修饰，耐人寻味。

3. 流淌式：跟随情感，一气呵成，自然流淌，形成独段诗句。

4. 上下阕式：从不同角度分两段来表达意境，相互呼应。

5. 三段式：前两段从不同角度表达意境，第三段升华情感。

6. 仿形式：例如模仿小鸟、钻石等形状建立诗句的结构。

7. 楚辞式：即效仿楚辞风格，但不完全套用。

8. 翻唱式：即效仿歌词的结构，跟随歌曲的旋律遣词造句。

9. 移花接木式：即将现成不相关的语句巧妙组合，形成诗句，例如将个人话语选择性串联。

10. 活字式：让文字通过多种媒介同时表达出一种意境，但字数极少，此种方式尚待开发。

以诗为例：

“清灵体”诗歌案例	“清灵体”断句解析
让晚风轻抚 那晚的风渐渐靠近 迎面的我动了心 原来我的笑脸是温柔的 布满星星的黑色天空 裹着我的思绪 一刻不停 随风起舞 你可曾被保护 那是种幸福	3. 流淌式：由浅入深，由表及里，随性自由；长短句节奏特色。

第四章 用词：于情于理，妙手回春

诗歌的字数相对较少，字数太多有时候会显得冗长，也很难驾驭，使情感和文字融合统一，营造想要的意境。通常我会将一首诗的字数控制在 100 以内，这样可以更加方便地从形态、情感及遣词造句等方面统一营造理想意境。

写诗过程中的遣词造句的确是个技术活，同样的想法和意思，可以用不同的文字组合表达出来，如何表达才最贴合理想的意境呢？下面整理一下可以借鉴的用词手法：

1. 笔画数较少的字和词可以优先选用。

2. 可以适当效仿古体诗词的格律和韵脚，适当的平仄和押韵可以让诗句读起来朗朗上口、引起读者的情感共鸣，但平仄和押韵规则不一定要效法古体，平仄中的音调起伏变化，容易调动起人的情绪，而适当押韵则可赋予诗歌美感，引导读者的情绪回归安宁。

“清灵体”诗歌的一大特色，就是长短句的搭配，颇有古风的韵味，并且需要注意时刻保持这种搭配的美感。

推荐一种易于上手的押韵方法，不需要像古体诗词一样背平水韵，凭感觉选定一个韵母后，每个韵脚的声母可以在脑海中从 a 到 z 搜索一遍所有能想到的文字，并在脑海中和语句的意境逐个进行匹配，总能找到一个最贴切的字，也可以借助工具进行筛选。

3. 可以使用独立的词语单独成句，前后衔接可通过思绪和情感的变化进行连接，不需要逻辑关联，但又颇有联系，这样可以让诗句更显内涵和美感。

4. 可以生活化随性自然地表达，自然表达的语句比需要揣摩的语句更容易让读者理解和适应诗歌的整体意境，怎么想的就怎么写，清新不造作。

5. 若想要表达一种经过自己独立思考得出的个性化的概念，则可以尝试自己创造一个词语，不必拘泥于认知范围，这样可以给人耳目一新的感觉，也能让读者对你想表达的概念产生兴趣，引发思考。

6. 可以运用排比句式，从不同角度表达同一个意境。

7. 可以运用顶真的修辞方法，让下一句开头的字或词同上一句的结尾，使情感无缝衔接。

8. 可以适当插入文言字句、英文词句等，避免千篇一律审美疲劳，亦可凸金气质。

9. 可以适当引用经典词句，稍加搭配便可锦上添花。

10. 可以适当激化矛盾，并采用犀利的语句刺激读者的神经，起到震撼人心和耳目一新的效果，产生情绪感染力。

一首诗歌犹如一颗玉石，措辞就是雕琢的工具，恰到好处的措辞非常重要，有时候，为了找到一个更贴切的词语来描绘想象中的意境，可能需要考虑很久，可能需要结合方方面面与之相关联的事物，才能找到一种最优的表达方式。

"清灵体"诗歌提倡对诗句精雕细琢，并相信，当你对各方面技巧运用灵活熟练之后，自然能出口成诗，必为佳句。

以诗为例：

"清灵体"诗歌案例	"清灵体"用词解析
让晚风轻抚 那晚的风渐渐靠近 迎面的我动了心 原来我的笑脸是温柔的 布满星星的黑色天空 裹着我的思绪 一刻不停 随风起舞 你可曾被保护 那是种幸福	2. 适当押韵："近，心"，"舞，护，福"； 4. 生活化随性自然地表达。

第五章 点睛：由浅入深，奇门遁甲

当一首诗初步成形之后，需要为它起一个名字。起名可以简单直接，也可以内涵深刻、包罗万象，全在于作者想要表达的意境深浅。一首诗的标题是读者最先接触到的内容，读者首先会通过标题引发自己下意识的联想，因此好的标题可以引人入胜，引起读者阅读欣赏的兴趣。

“清灵体”诗歌的风格比较提倡内涵深刻和寓意丰富，因此也提倡起名可以起到画龙点睛的效果。下面介绍几种起名的方法：

1. 引导式：即在写诗之前先设定好题目，题目即立意，按题目展开，由浅入深。

2. 概括式：即在诗歌初步定稿后，概括全诗想要表达的意境或事物本身，开门见山。

3. 侧写式：即从意境的侧面角度描述与之相关的事物或

情感。

4. 复古式：即采用文言方式表达意境，潜藏内涵。

5. 幽默式：即采用玩笑、调侃或有趣的关联事物作为标题。

6. 凝练式：即用凝练的词汇表达深刻的内涵，玄之又玄。

7. 微观式：即从整个意境或关联事物中，找出一个有代表性的或者象征性的事物作为标题，一叶知秋。

8. 情感连接式：即从诗歌意境以外的角度，包括意境升华的角度，表达另一种情感，与之呼应。

9. 无题式：无题在特殊的场景或者情绪下可用，即兴表达。

以诗为例：

“清灵体”诗歌案例	“清灵体”点睛解析
让晚风轻抚 那晚的风渐渐靠近 迎面的我动了心 原来我的笑脸是温柔的 布满星星的黑色天空 裹着我的思绪 一刻不停 随风起舞 你可曾被保护 那是种幸福	3. 侧写式：通过描述自己和风的互动从侧面烘托意境。

第六章　美化：虚实相扣，一气呵成

诗歌区别于其他文学体裁的一大特色就是文体的美感和文字的美感。其实一首诗很多时候不是一次成形就能完全表达理想中的意境，就像书法和绘画，很可能作者在第一次成形之后还有诸多不满意，便重新来一遍，实现更进一步的认知和情感表达。也因为诗歌的短小精精练，便于从整体上调整文字结构，易于纠正和理想意境之间的偏差。

诗歌的美感大致有以下几种体验：

1. 意境美：即文字将读者引入一个美妙的时空里，并产生了一些情感共鸣，引人深思，让人意犹未尽，回味无穷。

2. 节奏美：即文字的节奏朗朗上口，跌宕起伏，如痴如醉。

3. 措辞美：即文字的运用恰到好处，宛如珠玉，慰藉心灵。

4. 内涵美：即诗歌内容丰富，且寓意充盈，如醍醐灌顶。

5. 诗形美：即诗歌的整体形象精致好看，让人心旷神怡。

一首诗的写作和修饰过程是精致而美好的，它可以成为一种素养，就像你去塑造一个更美好的自己和点缀一种更美好的生活。我将一首诗歌的美化概括为以下几个步骤：

1. 统一意境：即立意明确，积极向上，前后贯通，一气呵成。

2. 调整节奏：让句与句间的连接更自然流畅、语感更优美。

3. 精炼措辞：即重新审视每个文字带来的体验，选择最优解。

4. 充实内涵：内容要丰富，要有实在的人、事物和情感连接。

5. 美化诗形：优化段落间的衔接，形神合一，避免突兀。

以诗为例：

“清灵体”诗歌案例	“清灵体”美化解析
让晚风轻抚 那晚的风渐渐靠近 迎面的我动了心 原来我的笑脸是温柔的 布满星星的黑色天空 裹着我的思绪 一刻不停 随风起舞 你可曾被保护 那是种幸福	1. 统一意境：“风靠近”—“随风起舞”； 2. 调整节奏：“长短—长长短短短—长短”； 3. 精炼措辞：“那晚”“动了心”“原来”“布满”“裹着”“一刻不停”“可曾”； 4. 充实内涵：事物与情感交替出现，逐步升华； 5. 美化诗形：诗形完整连贯，长短不突兀，一气呵成。

第七章　呈现：图文并茂，情景交融

很多时候，诗歌是一种内涵深刻、不易于理解的文学形式，有时读者很难读懂作者想要表达的意境，常常需要细品，甚至在他人的指导下才能读懂。因此，往往诗歌爱好者比较小众，喜欢写诗的人则更少，有所成的就更是凤毛麟角了。

传统的诗歌形式仅限于文字表达，干巴巴的比较晦涩，根据意境和场景适当搭配照片或绘画（例如后面诗集中搭配定制的插图）则可以增加诗歌的趣味性，可以让诗歌显得更加形象生动，易于产生情感共鸣。

而随着现代媒体的发展，文学作品搭配音乐（歌曲）、视频（短视频、戏剧、影视作品）等艺术形式正越来越受大众喜爱，其中短视频更已成为一种大众获得知识的新型媒介和平台。因此，若想让诗歌呈现出更加生动唯美的样子，可以尝试根据自身条件，创造性地运用其他媒介和平台，以追随科学技术的不断发展和广泛应用，相信今后诗歌还会有更多的表现形式，可以令读者身临其境，触景生情。

第八章　欣赏：感同身受，回味无穷

上述七章简述了“清灵体”写诗的七个步骤，即：立意—灵魂—断句—用词—点睛—美化—呈现。也可简称为“七步成诗”，以敬前贤。

通常当我们欣赏一首诗歌的时候，可能只会很浅显地去看它的语感和字面意思，就像我们听一首歌，通常只是沉醉于它优美的旋律，并不会真正关心歌词背后的意境和内涵。那么，如何才能真正欣赏一首诗歌呢？

我们可以反向参照上述七步去欣赏一首诗歌。

比如，当我们看到一首诗歌的时候，首先我们看到的是这首诗歌的载体，纸质书 / 电子书 / 配图 / 配乐等；然后我们会看到这首诗的大致情况，诗形 / 字数 / 段落，这些外在形象会给我们一种最直观的体验；然后是初步品味诗歌的标题，看能引起我们多少下意识的联想和共鸣；当我们开始读诗的时候，会慢慢接触到它的每个文字和词、每句话、每个段落，我们可以从中品味到表象的韵律和美感以及深层的韵味；当我们读完这首诗，可以去回味那些产生共鸣的瞬间，去体会诗人想要表达的情感和意志；最后，当我们再回到那个场景，是否会有相同的感受，又或者会有自己进一步的独特的想法。

在情感和理智的共同作用下，意境自然呈现，内心自然波动，最终收获诗歌以外更多的启发。那感觉就像刚看完一场电影，仿佛不知不觉将自己代入到了其中。

诗人作诗，并非只是为了取悦别人，更是为了表达自己。诗歌是理想主义者的天堂，你可以在写诗之前感受到灵感泉涌的内心冲动，可以在写诗的过程中感受到探索新奇和未知的乐趣，也可以在完成一首诗的时候收获满满的成就感和满足感，无论这首诗是悲是喜，它都是你智慧和情感的结晶，是令你骄傲的小孩。

本人最初写诗则是为了走出稚嫩的、认知和情感相对封闭的自我，做真实的自己、做喜欢的自己，并且坚守自己的理想和意志，天长日久，就越发变得深刻和文艺了。不断地拾取灵感，自问自答，以诗为伴，成长成熟，也让我变得越发开朗自信、越发坚定自己用理想主义美化现实、改变现实、把平凡的日子过成诗的信念。这应该就是写诗带给我的价值和乐趣吧。

敬畏生命，感恩诗歌艺术！

《把平凡的日子过成诗》

诗集欣赏

花开的声音

夜空下
我听见你的声音很轻
很轻
屋外的草地上
附和着清脆的虫鸣
我闭上眼睛
感觉身边的一切都很安静
而后的生命
也慢慢觉得
随意
空旷
洒脱
忽然好想带你去看看
我内心的世界
在那里
有微风翩翩起舞
有星星歌唱光明
你也在那里
似一朵莲花悄然盛开

我在时间尽头等你

当你身上
充满爱意的时候
你是精致的
如同此刻
他提起一支笔
从白纸的左上角
缓缓开始着印
留下那些刻骨铭心的回忆

当你身上
充满爱意的时候
你是唯美的
如同此刻
她轻笑温婉
端坐窗前
眸子里流淌着淡淡的甜蜜
望向那些四散开去的烟花

那些用时光沉淀的故事

不论好坏
都会有个结局
生命如此
唯爱永恒
在没有尽头的时间里
爱会一直流淌下去

你说
人活着
最重要的是什么
我想是
独立自由
敢爱敢恨
情深似海
矢志不渝

神仙会

有点圆满
在微暖的灯光下
锅底升起了热气
一缕 一缕 一缕
汤汁沸腾的模样
让美食也兴奋不已
耳边的圣诞歌曲
配合得有点感人
你和我都醉了
圆满
也是一种初见
一个温柔善良
也为我舀起一勺汤
一个风度体贴
也为你续上一杯水
两个性格相似却有着不同遭遇的人
此刻交换着眼神
像是遇到了故人

我愿如此平凡

深秋
暖阳慢慢升起
视野也慢慢变得清晰
有时候
平凡是一种执意
有些习惯也开始变得越发美丽
如同在这样的清晨
走在路上
骑在车上
坐在地铁里
我假装看不到身边的路人
看到的都是生活
和你

又止欲言

那一刻
就想上九天揽月
差一点
就能下五洋捉鳖
看繁花似锦
弱水三千
不如饮一口就落地成仙
也许走走停停
兜兜转转
才能忽而发现
左右都是缘
前后都是念
上下都是甜

气蕴重生

人生一世
如花开一度
好在
修身可以美颜
修心可以养性
时光荏苒
如白驹过隙
好在
举轻若重时情深似海
举重若轻时写意纵横
与其纠结残缺的过往
不如直面美好的明天
此一时精心设想
彼一时自在安宁

奋进成诗

听诗不如吟诗
吟诗不如作诗
作诗不如画诗
画诗不如成诗
天地虽冷
心中有诗
有时候灵感释放
忘乎所以
有时候喜欢自己
胜过众生
一生何求
纵横诗意
你不懂我
我不怪你

莫非花阙

吃好晚饭
会出去走动走动
虽然有点老年人的气息
但是喜欢大自然的感觉
临时决定
去电影院看场电影
虽然就一个人
但最重要的是愉悦自己
也喜欢吃冰激凌
但一般偶尔吃吃
也喜欢喝米酒
但一般过年才喝
莫名其妙被一个人欣赏
让我有点不知所措
说我是个有理想的人
你好会安慰人
或许是因为
我有时候不太了解自己

也或许是因为
我此刻的内心
已经开始慢慢感性起来

兴趣随想

我想学粤语
粤语很有趣
有趣的语言可以翻唱
翻唱一首林子祥的《选择》
选择成为一个全能的自己
自己的兴趣也能变得擅长
擅长是我的本能
本能亦可如诗

自在的我

晚上有点忙
忙着上今天的晚班
今天的晚班人要多一点
多一点但很充实
充实的一天我很喜欢
喜欢在休息的时间学点英语
英语或许能够提升自我
自我便是如此自在的我

人间值得你铭记

当铭记
不堪疫情兮人惶恐
苦痛绵绵兮城悲凉
幸国人大义
封一城而保千城
举国之力援武汉之困
更聚世界人心
共赴国难之时
可歌可泣者
不计其数

当铭记
覆巢之下焉有完卵
绝境之下亦有勇夫
或医者仁心
或自我隔离
或仗义驰援
不一而足

唯尽其事而有不悔者
真英雄也
能舍命而救天下者
国之脊梁

荷花精神

荷者
自在出水
欣然归位
荷者
苍穹虽远
笑则容天
荷者
揽生活以青翠
荷者
寄情思于粉白

水韵春风

花街一小楼
杯盘满桌绸
迎面风流处
窗下轻舟游

老妪围腰巾
侧立桌椅畔
清声唱小曲
起舞仿摇船

曲韵越古今
米食未亲近
我梦江南好
她醉古风情

行人走石桥
两岸生意闹
老汉河中吼
男女自欢笑

她决定如此

铅笔写在纸上
字是秀气的
但心里的字是缥缈的
Lonely
当静逸雪藏了铅笔
当纸片自我陶醉
好像什么东西碎了
好像什么人走了
文字也还是秀气地躺在纸上
Amazing
疾驰的列车也许会开向一个天堂
温润的阳光从天上洒下来
有种无处不在的祥和
这时候
一个人想去哪里
是一种执意
Special
日出而日落

恍然已是五载
眼前的女人
谈笑着温婉从容
指尖比画出优美的曲线
也会带着一丝不改的倔强
静静地待在那里
自我陶醉其中
Wonderful
你知道什么是人生吗
你知道幸福在哪里吗
你的心里也有一支铅笔吗
你会打算为它而活吗
我眼前的女人
她早已决定如此

安宁

月光浩渺
路灯静逸
愿你行如微风
任时空流转
方如屋顶
圆如车轮
愿你画地为牢
随年华消逝
人性如此
况且你我
天上地下
勇者无惧
有实实在在
也有虚无缥缈
要撑起梦想
也要美化现实
我问你
可有悔恨
你回答
我自安宁

二三十岁的成长

那时候
正值热情如火的年纪
就是渴望能为梦想燃烧自己
并照亮前方的道路
在我上学的时候
我想要的是才华横溢
于是博览群书
文笔纵横
在我进入职场的时候
我想要的是独当一面
于是勤奋努力
习得所长
在我担当大任的时候
我想要的是成功的喜悦
于是整合创新
合作共赢
而在我资深论道的时候
我想要的又是心满意足
于是知足常乐

顺应自然

那时候
纯真稚嫩如同白纸
跌跌撞撞
好不迷惘
当我好不容易展现才华时
有人说我不着边际
于是脚踏实地
步步为营
当我好不容易完成任务时
有人说我本末倒置
于是深度学习
运筹帷幄
当我好不容易拿出成绩时
有人说我简单粗暴
于是学会表演
有礼有节
可当我好不容易把握节奏时
又有人说我不够全面
于是广泛积累
精益求精

人生在世
总有很多机会面临挑战
有自己给的
有别人推的
然而我的故事并未结束
同时也是关于你的
相信你总能遇见更好的自己
让工作顺心
让感情丰富
让人生精彩
让世界和平

挥动生活

生活也可以是璀璨的
如果你爱
就请视若珍宝
小心呵护
把每个平凡又淡漠的时刻
过成诗
人生无非就是想攒够幸福
让美好的点点滴滴
感同身受着

生活也可以是不堪的
如果你爱
就不要让它变得悲伤
收起你想要抱怨的眼神
看看人潮涌动
那山那海
生命于你而言又是哪里来的落差呢
原来命运还是紧紧握在手中的

热情如火着

不过
我是一个有信仰的人
所以在我看来
生活像是一串任我雕琢的珍珠
彼此熟悉着
不用互相伤害

我并没有妄谈生活
因为很多时候
它就是这样子
一个人待着
一首歌听着
一个念头想着
一夜冷风吹着

若飞行

回忆里
随手翻开的那年
你和我都没忘记
最好的年纪
有过最美的憧憬
一厢情愿的梦
也是奋不顾身地闯
忙得不亦乐乎
琐事和着庸人一起疯狂
成功拖着遗憾照单全收
终是一曲纷纷扰扰
地北天南
而我最在意的
是我们未曾改变的信仰
便是大千世界
也要我自生活
漫步
进入下一个场景

时空和我都在那里
那么朋友
你是否也还在追寻
你是否已落得安宁
你是否仍一样想着
在这个以浩瀚为名的城市之中
继续表演一场修行

绯红世界

热衷
而遥远
为何要随波逐流
你与身边事物
空旷地变迁、繁复着
终有缺憾
人的心里必须有一个世界
供你欢愉
你相信未来是可能的
哪怕再次跌倒在地上
你会优雅地站起来
说声 sorry my fault
你相信生命是流动的
年轻的双手缠绕着细腻的温度
连接身边在意的人

如梦
亦真实

实不想辜负青春
幸福是好好地活着
烦恼是贱贱地担忧
未曾圆满
人的心里必须有一个世界
容我沉醉
有时候是迷糊的
任你来去自由
走到哪里
诗就写到哪里
有时候是清晰的
每一个字句里流淌着爱与欢乐
正如你所看到的长短
是鄙人最美的涂鸦

雅韵

倚窗听雨
坐车望风
看心说话
对景怀思
彼时
唯破空一笑
横生暖流

静听古韵
凭生风雅
茶余饭后小叙婉约之情
世道人生略带纵横之感
君若有才
当以赤诚之心
行美好之事
愉己悦人

苦中作乐

忙里寻欢
习以为常
皆是因缘
吾辈亦当如是
活着便精彩

文艺重现

重新拿起笔
文字更显精致
跟随心情的灵动
期待一个漂亮的结局
笔尖划过神秘的曲线
把过去未来重叠到现在
绽放在这个未知的时空里
饮下一口凉爽的奶茶
用日渐安宁的触觉
呈现一个世界
微风断续
我
要开始了

Shall We Meet

A Smile
A Word
It's A Start
To Be Casual
People Is Running
And We Are Waiting
Perhaps I Am Imaging
Just A Sunday
The Sense Comes Into Eyes
Catches Our Hearts Tightly
And Even Tonight
A Dream
In The Candlelight
If You See

你是这样的上海

心中的平静
是静水流深的静
眼中的平凡
并非平庸之凡
百业汇集
万物更替
是以锻炼 学习 成长 连接
每当我心血来潮的时候
就会想起
原来我此刻身在上海
便不愿错过眼前每一秒钟
奋进成诗的机会
奋进的人生
自当轰轰烈烈

新的早晨

懒懒的早晨
小狗趴在地上做着它的梦
小鸟躲在林子里叫着乱窜
这是上班前夕
诗人跑步十里来到早餐小店
打一杯现磨豆浆
挑两个青菜馒头
数着远远还早的时间
窃喜而回
老人和老人随意唠叨
小孩抓着大人的手张望左右
睡客们大概还在梦里哼哈
诗人数着远远还早的时间
窃喜而回

启动

实体化的素颜
用情景包装
表达见解
比画时空
随你
这是一个项目
需求明确范围已定风险可控
时间成本质量权变平衡
资源共享可用
有待执行

来回的美丽

自在
是华丽的降临
去哪里收集浪漫
也可以留下点神秘
想要充当食客
品味美食的惊喜
然后玩笑疯癫
乐此不疲
无论身在何处
醉意
是心中来回的美丽

随性
是优雅的出现
可以静静地欣赏世界
可以在任何时候决定自己
茫茫人海
红尘内外

不与万事相争
只约一人相守
那是真正的快乐
痴迷
也是心中来回的美丽

风清化灵

身后
那不加修饰的天空
流过几许如水的清灵
深邃的视野
掀起艳阳的温柔
一心 牵动了所有美好
淡淡的时间
将凝聚在你的心里
沉淀一个梦幻般的现实
与无尽的岁月一起
融化

荷花初绽

你最初的
温柔如水的脸蛋
嫣然一笑地侧转
我才发现
你送的荷花图香气依然
日夜的我满心零乱
无意中你的眼神
匆忙的我的躲闪
心中无限波澜

灵感体验

起伏 断续 连绵 随意
已经很久没有在这样的风中沉迷
不小心打开了理智的枷锁
思绪泉涌 向夜空漫延而去
又化作灵感回到心里
我享受这样的感觉

花花世界 茫茫人海
很多人只想着拥有
那些姿态端庄的脸皮
其实远没有漆黑的天空那么含有魅力
你们总说眼前的现实才是真实
可是生活并不是一顿饭一件衣服那么实际
经历之后的感觉
更值得发现和珍惜

天作缘

春来去
秋渐远
夏有暖意
冬无颜

风断续
雨缠绵
霜覆青草
露润叶连牵

梦回南林

就是极其平凡的小路
唤醒了那个自己
那些不可及的过去
突然涌现
控制不住落下的泪水
也控制不住沉重的每一步
熟悉的每一条路
走过的每个地方
空荡荡的
却都浮现出一幕幕真实的故事
久远得像一场深深的梦境
我不忍心为此悲伤
因为我们是快乐地度过了那段青春年月
枯黄的树叶
提醒着我那些最初的记忆
物是人非
草木依旧
周而复始

我带着对故地的深情来到这里
却带着对大家的思念再次离开
大家
我想你们了

开动心弦

小窗外
晨曦静静搁浅
如水的风
偶尔流向纯净的天
手中的圆圈
充满驾驭的灵感
让我随心而至
如同释放的心弦
喜欢在柔软的轰鸣中渐行渐远
于风景唯美处停泊眷恋
万千世界
总有你想要的终点
喜欢你在我身边
即使此刻含笑入眠

纪念小时候

翻开那些年的记忆
我总喜欢待在你那里
在一间紧凑的小屋
看到了海底两万里
深夜的闹钟嘀嗒不停
我们在床的两头倾听
有一抽屉的磁带
可以放出心动的歌曲
诠释那些飘过蓝天的空灵
有一个轻盈的足球
每天在堆着砖瓦的墙上撞击
旋转着画出优美的弧线
一起玩过的游戏
曾经是那样痴迷
光阴似水
承载了太多过去
还让我们各自向前延续
一如清风般飘逸

剪约

音乐舒缓之中
我成为灯光的焦点
小剪刀的转动
伴随着发丝飞走
看那一抹柔顺闪亮
呈现在这座舞台中心
帅气的是
淡定自然的理发师
闭眼享受的我

川沙公园

夏日微凉
云淡风轻
夕阳穿过枝叶
还在留恋人间
鸟声残留
人影渐少
你钻进我怀里
倚在我肩头
任时间静静流逝
石桌上转动的手机
树林间玩耍的小朋友
都未曾扰乱
彼此融化的心情
亲爱的
让我怎么说爱你
就这样慢慢靠近
吻住你散开的长发
樱红的脸颊

和你在一起

你开心的时候
我和你一起傻笑
听你讲不好笑的笑话
看你咬开打不开的零食袋
每当天空下起可爱的雨
就会想起你那哗啦啦停不下的小嘴

你安静的时候
我和你一起蹲在路边
看着人来人往
喜欢你的小小的崇拜的仰望
喜欢你温暖地依偎在我身旁
每当夜深人静我独自惆怅
就好想抱着你永远都不要醒来

你认真的时候
我和你眼神交汇
互相纠结

习惯在你小气的时候面壁赎罪
却忍不住在你大气的时候落泪
每当想起你孤单的心情
就无法原谅自己
只因我曾许下承诺